医者诗缘

高天奎◎著

YUANFANG
远方出版社

图书在版编目（CIP）数据

医者诗缘 / 高天奎著 . -- 呼和浩特 : 远方出版社，2018.8

ISBN 978-7-5555-1148-9

Ⅰ . ①医… Ⅱ . ①高… Ⅲ . ①诗集－中国－当代 Ⅳ . ① I227

中国版本图书馆 CIP 数据核字 (2018) 第 172757 号

医者诗缘

YIZHE SHIYUAN

作　　者	高天奎
责任编辑	蔺　洁
责任校对	蔺　洁
装帧设计	王改英
出版发行	远方出版社
社　　址	呼和浩特市乌兰察布东路666号　邮编 010010
电　　话	（0471）2236470 总编室　2236460 发行部
经　　销	新华书店
印　　刷	呼和浩特市圣堂彩印有限责任公司
开　　本	145mm × 210mm　1/32
字　　数	144千
印　　张	9
版　　次	2018年8月第1版
印　　次	2018年8月第1次印刷
标准书号	ISBN 978-7-5555-1148-9
定　　价	38.00元

如发现印装质量问题，请与出版社联系调换

前　言

作者高天奎，出生于内蒙古自治区赤峰市松山区城子乡（原猴头沟乡）太平庄村。

目前，作者在赤峰市松山医院工作，赏读诗词和模仿诗词写作是其业余爱好。其有幸在老师张义武先生的鼓励和指导下，把 2012 年末至 2017 年 9 月期间的写作成果，进行筛选、整理，共收集了 206 首欠成熟的诗词编订成集，并命名为《医者诗缘》。

作者是一名平凡的医生。他只有平凡而浅薄的文学知识，只会用平凡的视野观察周围的世界；只会用平凡的词句描绘平凡生活中的情感片段；只会用平凡的心态去诉说平凡的自己；只会用平凡的人生认知和平凡的写作手法，来体现自己前半生平凡的心理历程。作者一直梦想着用走过的平凡的人生路去求证，诗是“平凡”的文字，诗性是人的本性，诗人是平凡的人；梦想着用平凡的人生构想追求平凡的未来，尊重高贵的使命。

《医者诗缘》记录了作者步入中年前后的情感变化和成长轨迹。作者试图去探索圆满与缺失、高尚与平凡之间的内在联系。作者心目中的平凡雷同于自然。平凡本身没有缺陷，而平凡的载体——人，存在着缺陷。《医者诗缘》的缺陷就是作者本人文学素养的缺陷或在某时间段心灵上的缺陷。敬请读者批评和指正，谢谢！

高天奎

2018 年 1 月

目录

师友篇

职业感评篇

史评、社评篇

传说感评篇

寄语篇

磨砺篇

励志篇

友情篇

恋情篇

情殇篇

春季情景篇

游春、赏春篇

咏春篇

夏季情景篇

秋季情景篇

冬季情景篇

颂酒篇

网络篇

旅行篇

童趣、家常篇

祈福、思乡、祭祖篇

自伤篇

自悟篇

师友篇

师生情缘（一）

——教师节赠张义武恩师

今世尘缘定师生，

恩师传道注真情。

智贫弟子抒胸臆，

撰写诗集献园丁。

师生情缘（二）

——致博爱医院康复评定科的专家老师们

再度重修身，

欲求康复魂。

学期六月短，

难免辱师门。

奋斗情缘

——评审晋级成功赠马义院长

事业阔无疆，
开拓如试航。
节节取胜利，
初步获辉煌。
规划美愿景，
舵手积劳伤。
曾流八斗汗，
留痕旧行装。

守　岁

——除夕夜赠姚楠姐姐

烟花爆竹声渐远，
轻纱幔幔聚祥云。
欢度除夕共守岁，
靓雅永驻迎新春。

英才辈出

——赠学霸梁璐琪小美女

昔日随母练臂膀，
今朝展翅奔太阳。
民族复兴中国梦，
一辈英才续辉煌。

元宵节送别凌霄师姐回京

少年时光俏，
童趣话逍遥。
忆得山弯路，
浮现女儿娇。
日行四十载，
星月伴云飘。
问候和风里，
真情满元宵。

赠同学依楠

时过境迁十八年，
不期相聚在今天。
一拥尽知情如故，
莫道相思是辛酸。

赞同学于福

缘入杏林自由身，
顺应自然天酬勤。
真人不走王侯路，
笑神笑仙笑红尘。

结业离别是我的思念

——博爱康复医院康复评定科 2017 年春季学期师兄弟姐妹们送别

彼此相拥泪洒肩，

惜，平素无暇相看。

一百八十日夜短，

叹，家乡温情召唤。

祖国山河多辽阔，

散，何时再睹容颜?

师门情谊相连紧，

恋，今生为亲为念。

送别

——赠小师姐苏新

今宵难入梦，
明晨即起程。
回望相识路，
求学为谋生。
并肩悟师道，
彼此增技能。
行前亦无语，
祈福送和风。

寄思童年送好友王海瑞

北国初春风尚寒，
纸鸢竞相飞蓝天。
难忘年少多嬉戏，
曾留欢笑满河滩。

姻　缘

——赠美女小同事星星

天赐良缘地增情，
月老牵手嫁星星。
喜结连理枝叶茂，
恩爱夫妻树长青。

惬游暑日

——赠美女小同事佩红

日驱阴霾晴方好，
绿水静衬美人娇。
幽路斜径隐倩影，
远眺蛙声在渡桥。

赠晓婷姑娘

七月遍地好风光，
风吹荷花两岸香。
柔水穿行岁月里，
好运伴君万年长。

职业感评篇

前　行

——赠松山医院骨一科白衣兄弟

意气风发吞苍穹，
悬壶济世梦想同。
共携阳光东风起，
砥砺前行铸成功。

晚归（一）

——致白衣天使

夜归身躯寒，
床宽难入眠。
白日多急救，
唯恐患欠安。

晚归（二）

——致青年医生

夜静清风凉，
邻家鼾透墙。
小儿啼入梦，
贤妻斜卧床。

史评、社评篇

观《海棠依旧》致敬周公

少年宏愿，为中华之崛起。
投身革命，率民众谋自由。
领袖躬身，体察百姓疾苦。
外交独步，名扬四海五洲。
时空无情，不惑岁月逝去。
西花厅院，海棠恋主依旧。
风云变幻，时势英雄终匿。
凭吊周公，千古圣贤难求。

秦兴魏衰启示

商鞅效力在大秦，

吴起范雎投明君。

奇才良将贤人远，

魏王短视近佞臣。

端午说楚

夏满枝头花争艳，
蝶舞蜂鸣六月天。
鲲鹏奔行锦绣路，
直入云霄斗风寒。

端午节南海诸岛礁遭侵有感

一年一度糯米香，
悼念忠烈祈安详。
东海南沙狼烟起，
愿保家园驱豺狼。

民族魂

中华文明源远长，
九州江河育炎黄。
近代变故负耻辱，
英雄儿女斗志昂。
抗击压迫求民主，
血染旗帜树东方。
改革开放迎世界，
“一带一路”通友邦。

中国复兴梦

反腐除虎蝇，
官廉民自清。
圣人施伟略，
民强国运兴。

“一带一路”峰会有感

青杏隐现绿叶间，
柳絮似雪飘满天。
彩蝶恋花翩翩舞，
喜鹊登枝送平安。
雁栖湖边共携手，
“一带一路”捷报传。
民心相通融世界，
开创人类新纪元。

传说感评篇

白莲传说

东游传说颂八仙，
孽龙任性盗白莲。
追本溯源明朝后，
天神二代恶名传。
街头巷尾问妇孺，
谴责权贵五百年。
片片荷叶浮四海，
自有奇闻化美谈。

读《封神榜》感殇

封神传说载诸神，
神涉红尘助凡人。
商纣江山八千里，
失信无道丢乾坤。

中秋节传说

后羿射日百世传，
嫦娥急智抗邪奸。
事发中秋十五月，
俗定神州庆团圆。

红月亮（一）
——梦嫦娥诉雾霾

醉卧烟波入梦中，
嫦娥邀我观太空。
足下雾霾染红月，
执手倾诉到云东。
玉兔嬉戏痒足背，
仙子娇嗔失从容。
驻停扶靠桂花树，
拭泪欲辞广寒宫。

红月亮（二）

——月夜雾霾赤壁怀古

万事俱备东风吹，
火殇赤壁曹魏衰。
诸葛神算传千古，
深秋月圆映红辉。

七夕俗规

七夕相约鹊桥边，
遵循旧俗近千年。
王母亦应顺潮流，
择时调研访人间。
何须辛劳众喜鹊，
邀乘神舟通九天。
如有相思和想念，
微信视频现容颜。

天河恋

夜半梦短睡意消，
忆想年少思绪飘。
情愫懵懂多奇惑，
不解牛郎赴鹊桥。

昙花传说

花神多情欲感恩，
情倾韦陀起凡心。
事传玉帝雷霆怒，
双双贬谪到凡尘。
世间始有昙花现，
相传花期在暮春。
亥时花开香浓郁，
哀叹凋零到凌晨。

聿明氏传说

术师始祖多情义，
三问花神谱传奇。
舍去轮回成人美，
灵魂漂泊万代惜。

观牡丹，忆木石前盟

夏日多姿百花俏，

牡丹花开色最娇。

愿化顽石伴叶下，

求得晨露润情苗。

天外来客——陨石

满目星辰孑孑冷，
荡游天河鹊桥清。
坠入人间知情暖，
草木相依度余生。

七夕夜

和风细雨送柔情，
静听鹊桥诉心声。
时光如梭倏然去，
桥长夜短恨天明。

愚人节愚人悟日

是非曲直圆与方，
辩日千载人迷茫。
坐观夕阳愚人悟，
身处迷局影子长。

登鹳雀楼“新说”

鹳雀楼台今复在，
难解白日落山头。
谁见黄河东入海？
唯有晚霞消烦忧。

梦攀鹳雀楼

依山谷深白日尽，
傍水路远入海流。
欲眺千里山障目，
难抑愤足攀高楼。

再读《茅屋为秋风所破歌》有感

一叶知秋秋意凉，
两袖清风风雨长。
扇扇朱门相依紧，
诗圣蜗居蓉草堂。

慈善与贪婪

——重读《农夫与蛇》《东郭先生和狼》有感

怀暖僵蛇御天寒，
袋掩逃狼求平安。
寓言诠释毒恶伪，
本性难移胜泰山。

寄语篇

寄语人生（一）

人生美梦短，
创业需志坚。
心明择业广，
善行拓路宽。

寄语人生（二）

人生得意一瞬间，
初心不忘创业难。
日三省身讲忠信，
节制私欲学圣贤。

学域人生

学域阔无疆，
仁心是导航。
恒心破万卷，
虚心得博长。

舟

学海一叶舟，
真理书中求。
岁月染双鬓，
孜孜不肯休。

择 贤

学贤明事理，

品行更知人。

君王拜将相，

百姓识能臣。

磨砺篇

脊 梁

身处尘世需多磨，
荣辱正邪百事多。
愿负雷霆万钧力，
不受道义食指戳。

雪地足迹

深浅直斜弯，
走向八方全。
探索人生路，
求清不避残。

大圣悟道（一）

桑田变迁沧海枯，
大道仁心主沉浮。
纵有撼天搅海术，
五指山下叹日出。

大圣悟道（二）

任性揽三界，
佛罚五指山。
去恶心向善，
晨暮愿参禅。

仁爱江山

人生莫过红花美，
骄阳终有西山垂。
古道传颂仁德爱，
指点江山归属谁？

蝶蛾之歌

卵历春风化蛹蚕，
吐丝自缚待飞天。
蝶蛾破茧花中舞，
终留安逸在人间。

好事多磨

百花争艳终凋零，
蜂蚁辛劳溃秋风。
不承世间横眉辱，
怎得航母渡心胸？

茶　韵

一卷陶书半盏茶，
难得清闲品菊花。
书载春秋天下事，
杯盛寒暑涉万家。

花缘献果

花开心欢喜，

花榭不必忧。

枝头已挂果，

采摘在今秋。

励志篇

悟人生

风雨人生愿秋长，
草木呈奉花果香。
静观月出迎日落，
尽享寸寸美时光。

奋　斗

辛苦人生路，
生活曝不足。
勤奋补拙短，
谦和拓征途。

观牵牛花浅悟人生

人生行走似牵牛，
贵人帮扶梦中求。
上天赐洒三寸雨，
不插云霄岂罢休！

苦菜花

一席苦菜簇簇花，
缺姿少色亦无华。
斗罢严寒迎酷暑，
山高地贫有我家。

寻石梦醒

足踏梦想觅河滩，
偶遇奇石半生缘。
参悟石奇梦方醒，
学石立身志更坚。

友情篇

送故人

故人欲远行，

祈福盼和风。

相识创业路，

前缘续今生。

同学相聚有感

昔日离别闯天涯，
创业海角各为家。
望穿岁月今相聚，
难抑双瞳涌泪花。

恋情篇

静夜情思

晦月透窗残，
泪流粉腮边。
静思三郎苦，
夜深难入眠。

黎明送别

马达嘈杂破黎明，
泪眼佳人欲出行。
南国风光无限好，
不抵红城一丈冰。

琴 神

三尺琴弦诉真情，
飘出九霄撼神灵。
织女洒落相思泪，
流下鹊桥化繁星。

雨润情丝

无声细雨润心田，
柔水脉脉映白莲。
三郎难忍相思苦，
夜半泼墨为红颜。

个性情痴

日出朝霞染苍穹，
百花绽放各不同。
瑞香大王谁为美？
爱在心底灵犀通。

接 站

花开万朵嗅无香，

凝聚心神眸子忙。

不赏绿地花草美，

人流湍湍觅娇娘。

送红颜

远行道离别，
心肺似刀切。
倾洒辛酸泪，
相背闻抽噎。

忆佳人

塞北风吹三月天，
黄沙漫漫唤春还。
南国佳人安方好？
汤汤情怀锁心间。

黄花情

黄花花黄花芬芳，
轻风风轻风飘香。
日隐西山云追月，
缕缕情丝苦三郎。

前世情缘

回眸偶相望，
双目似电伤。
问君有前世？
曾伴好三郎。

情殇篇

情　殇

玉树落金叶，
倩影已远行。
何必问时节，
心海叹伶仃。

静夜情愁

雨歇蛙鸣夜风凉，
万物酣然入梦乡。
佳人痴想怀抱月，
泪染衣襟愁穿肠。

花　殇

花开花茂吐芬芳，
爱花赏花时日长。
花衰花落无人问，
黛玉葬花读者伤。

碧树遐想

蓝天湛湛衬白云，
碧树如波隐树神。
品读传说天仙配，
繁枝叶下欠佳人。

痴蜂情怀

黄花丛中寻群蜂，
芬芳殆尽无蜂鸣。
情歌颂唱蝶成对，
今赞凋蕊一蜂停。

春季情景篇

猴年正月初六瑞雪拜丰年

瑞雪流光迎和风，
温情相伴爆竹声。
人间语暖相问候，
丰年如意话真诚。

丙申猴年元宵夜微雪送祥瑞

入夜烟花绽云霄，
祥瑞相随冰雪飘。
亥时风邀云儿散，
明月悬空分外娆。

瑞雪夜迎春

霓虹灯光似尖刀，
刺破夜幕雪花飘。
足下不见白纱覆，
风和地暖春喧嚣。

雨夹雪夜九九逢春

风拂大地路巷清，
夜雨除尘街灯明。
正值九九辞冬去，
播下雪粒留恋情。

春 思

三月塞北春风狂，
家雀叽叽绕房梁。
望断窗棂思劳燕，
待到蛙鸣好还乡。

风雨春归

雨润神州万物舒，
杨柳尽享春风拂。
清明时节行将至，
盼得枝丫绿叶出。

春日午睡历四季

睡前洒春雨，
梦观牡丹娇。
凉风催人醒，
窗外雪花飘。

桃花戏柳

春风拂绿细柳梢，
柳絮未飘桃花娇。
枝头簇簇如白雪，
芬芳四溢待观瞧。

出　游

粉面桃花喜迎春，
春风得意虐白云。
挥去心霾情志爽，
出门放足做游人。

春　韵

春风舞杨柳，
百草绿群山。
河滩蟾蛙叫，
白云戏纸鸢。

游春、赏春篇

踏春（一）

草木怯怯迎朝阳，
和风轻舞美时光。
闲情逸致踏青去，
一路嗨歌释疯狂。

踏春（二）

春色缤纷染山冈，
风吹足底青草香。
鹊唱枝头添情韵，
音回旷野暖心房。

清明节游春

塞北清明春风狂，
吹尽残冰黄沙扬。
尘暴招来桃花美，
又唤劳燕快还乡。

春　游

枝挂残红青杏小，
叶芽初显嫩绿娇。
蜂恋枝头时时舞，
诱得游人仰面瞧。

春赋（一）

嫩黄初上柳，
桃花压枝头。
坡前青草短，
白云朵朵悠。

春赋（二）

柔风拂细柳，
山歌暖心头。
草绿迷双眼，
捷足踏山丘。

春赋（三）

春风吻细柳，
百灵唱枝头。
俯身嗅青草，
仰面观云悠。

春夜美景

日辞喧嚣夜幕临，
星空梦蓝柔寂亲。
神安身闲睹美景，
花香浓郁醉人心。

咏春篇

春 恋

春风送暖寒气落，

云卷云舒恋长空。

坡上草短青石瘦，

痴醉尽在性情中。

春　雨

细雨绵绵洗霾尘，
花儿更艳绿叶新。
蜂鸣蝶舞尘离去，
还我清闲静灵魂。

晚 春

细雨凄凄降晚春，
花残瓣落无人亲。
不问炎凉隐一隅，
留得安逸做闲人。

残春夜闻雨声

夜雨凄凄送残春，
涤尽霾污绿叶新。
街头喧嚣离尘世，
暂得清净做真人。

枣树烦春

叶芽怯怯缓挂枝，
不解春风花开迟。
冷观彩蝶翩翩舞，
遥候霜露润秋实。

春约醉梦

春风摇绿遍地柳，
细雨滴红自由花。
梦求花落结硕果，
醉愁志满伤自家。

春夏之约

春风拂地嫩芽出，
细雨润洒绿叶舒。
燕归适逢百花媚，
鱼邀蟾蛙现碧湖。

夏季情景篇

劳燕回归

旭日穿林染亭廊，
和风又送梨花香。
劳燕双飞如期至，
相依屋檐情绵长。

娇燕情怀

漫步清晨观日出，
风拂绿叶片片舒。
娇燕成双翩翩舞，
层层秋波荡碧湖。

等 候

独望天际处枝头，
湖水瑟瑟增烦忧。
何时与君鸣翠柳？
再上青天共遨游。

花　赋

百花香艳，

春染苍穹。

谁为最美，

情有独钟。

丁香花三姐妹

三束丁香竞相开，
大束繁茂扑面来。
小束玲珑翘首望，
中束窈窕羞娇乖。

荷

红花怒放映心田，

花蕾隐现荷叶间。

谁人采摘菡萏籽？

远眺娇娘化白莲。

高考日祝福

昨夜降甘露，
升曦万象新。
云开清气爽，
文曲下凡尘。

夜 雨

窗迎戏雨唱通宵，
梦谏百忍修天条。
再降甘露泽尘世，
莫做嬉戏人车漂。

雨后翠柳

心芳水清世无争，
柳立枝垂喜微风。
水映翠绿三千尺，
涟漪脉脉送柔情。

无名树

枝干挺拔绿叶宽，
花蕾娇小填叶间。
酷比伟岸梧桐树，
自引昆仑美天仙。

夏日夕阳

短笛悠悠坠夕阳，
情歌曲曲染霞光。
山间彩蝶行踪匿，
百鸟归巢唱安详。

环卫工人之夏夜

一条休闲路，
两边夜市兴。
三更人潮去，
清扫破黎明。

秋季情景篇

秋韵（一）

初秋绽黄花，
日斜生晚霞。
流浪岁月里，
随缘荡天涯。

秋韵（二）

天高云踪尽，
秋韵似海流。
金叶悦双目，
美景醉中游。

秋至人生

日月催时节，
雨寒起秋风。
阴阳常消长，
万象自然生。
夜增晨曦减，
谁人逆势争。
霜露染花鬓，
几何问行程。

车行人生

车窗透霞光，
金叶舞夕阳。
穿行微风里，
尽观五谷香。
曾走春播路，
回望夏灼伤。
冬雪息万物，
人生愿秋长。

流光岁月悼黄沾

霜露豪情染群山，
流光飞舞唱黄沾。
彩叶弥留添秋韵，
一笔哀愁蘸心间。

枫叶悼歌

枫叶颤枝头，
霜露染深秋。
谁言红叶美？
叶痛在弥留。

残 秋

草木凄凄湖边路，
寒水沉沉叹微波。
鸟虫寂寂鱼蛙去，
黎明默默悼残荷。

山杨树

霜染草木叶枯黄，
满目风寒尽凄凉。
千年秋末天相似，
探乡解惑问山杨。

枫藤·霜之恋

秋风萧萧霜无声，
冰心脉脉染枫藤。
碧波暖暖悄然去，
红浪滚滚示真情。

冬季情景篇

迎冬瑞雪

浓云压天低，
黄昏路人稀。
绒雪漫寒夜，
万物晨装齐。

秋雪迎冬

繁花簇簇迎和风，
身柔姿俏落无声。
白纱幔地人车缓，
不忍伸足悔出行。

隆冬俊影迎初雪

初雪轻轻漫晨曦，
飘入心境荡涟漪。
俊影迎面暖世界，
足迹远去似阶梯。

雪地荒原

漫漫寒雪冷世间，
催得万物需休眠。
褪去繁华还本色，
蓄势复苏待春天。

思　恋

秋风逝去寒冬来，
雪飘庭院蜡梅开。
漫漫相思痴情路，
佳人何时入温怀？

蜡梅赞（一）

雨润繁花迷人眼，
群芳斗艳妒牡丹。
秋风拂去春夏事，
蜡梅傲迎冬雪寒。

蜡梅赞（二）

一年一度冬风来，
百花凋谢蜡梅开。
不惧雪漫人生路，
自有梅香暖胸怀。

元月瑞雪祈福

风柔雪花轻，

志同结伴行。

冰心逢知己，

瑞雪兆征程。

四季赞歌

草木吐绿叶芽尖，
春风夏雨紧相连。
瑟瑟秋风拂尘去，
皑皑瑞雪兆丰年。

颂酒篇

醉求一梦（一）

水融一残月，
影单寒袭身。
曲酒入肠胃，
醉抚愁梦人。

醉求一梦（二）

奔波岁月里，
几度雁南迁。
难得淋漓醉，
梦中游九天。

酒魂（一）

贪杯君莫劝，
本性难变迁。
举杯是知己，
酒中求悠闲。

酒魂（二）

畅饮一杯山泉酒，
醉梦身在云中游。
易解十年参天树，
难悟百年争一秋。

醉思故乡

暮色垂帘玉兔升，
醉眼迷离似天明。
庭树透窗斑驳影，
静夜诗篇唤乡情。

樽酒系红颜

春风涤荡群山暖，
白云舒卷享悠闲。
夕阳浸染樽中酒，
一段情肠系红颜。

醉酒解迷离

参禅悟道敬菩提，
评古论今阅手机。
一杯曲酒能解梦，
尽显本性弃迷离。

网络篇

手机时代

时代兴科技，
网络人际宽。
手机增微信，
又登一重天。
三教寻知己，
九流育红颜。
朝夕身三省，
逐梦天地间。

网络情缘

信息网络赐机缘，
相遇相知坠情渊。
你我互勉惜时日，
共渡沧海各乘船。

网络红颜（一）

时空阔无疆，
网络诉衷肠。
情谊入肺腑，
思恋胜蚁伤。

网络红颜（二）

别离小一日，
幻化如千年。
三餐皆无味，
浮眼尽红颜。

莫迷途

虚拟世界寻寄托，
微信友群诉生活。
公德底线人人守，
珍惜分秒莫蹉跎。

旅行篇

秋游故乡

草木土石一生情，
瘦山细水爱无声。
日月秋光照寰宇，
忠信淳朴耀民风。

乡土旅行

——回乡游半支箭河源头有感

追忆年少厌学习，

逃避师训搞自欺。

捉鱼虐蟾捕幼鸟，

杨柳做箫响河堤。

阔别故地三十载，

河水干枯布疮痍。

曾因无知殇乡土，

心头酸楚促泪滴。

秋望

——山巅赏秋有感

秋游踏山巅，
万物入眼帘。
天高望云际，
志欲吞自然。
激情随风去，
山脚终归还。
回首观事态，
过眼尽云烟。

秋游神伤

十月晨风凉，
催人添衣裳。
隅暖东篱菊，
南山逢秋霜。
坡上伏蒿草，
染目尽枯黄。
排排白杨树，
落叶更牵肠。

山巅赏秋

攀爬至山巅，
私欲吞自然。
秋风送美景，
莫诉我贪婪。

醉卧乡土

醉眼睡黄昏，
梦破醒清晨。
旭日三竿照，
鹊巢隐瘦林。

游锡箔河橡胶坝省人生

昨夜风雨筑碧湖，
风轻水静迎日出。
倒影千层含世界，
自我渺渺若有无。

夜游锡箔河

夜色吞苍穹，
远山更朦胧。
凄凄河边树，
弯月入水中。

仲夏夜游红山月牙湖

蛙声满苍穹，
红山貌朦胧。
悠悠湖边树，
明月莲叶中。

游赤峰松山区香山寺

层层苍松漫香山，
宇刹隐现山峦间。
佛乐悠扬传古道，
古道曲曲通殿前。
红尘解惑需参问，
炷炷炉香燃青烟。
弥勒佛祖终常笑，
笑看因果顺自然。

再游香山寺祈福

灵宇隐山坳，
祥云天上飘。
聆听梵音曲，
涤荡魔气消。
请香虔诚态，
举揖下弯腰。
倏然脱尘世，
佛前得逍遥。

史前文化发祥地——赤峰

中华文明源远长，
条条江河哺炎黄。
西拉木伦育始祖，
敖汉小米万古香。

游荣升十八景欲览坝上草原

荣升公路走山间，
十八美景累眼帘。
幻闻坝上牧羊曲，
人车奔行向草原。

佛　缘

——团游巴林右旗荟福寺

佛光照凡尘，
苍松迎来宾。
布施福寿禄，
尽需有缘人。

佛　韵

无欲无怨敲晨钟，
雨雪春冬日雷同。
青灯荧光击暮鼓，
慈心普度蝼蚁虫。

世外乐园

水遇断崖注深潭，
层层涟漪透心欢。
绿水红砂衬幽境，
鱼蛙嬉戏情意绵。

观海情丝（一）

海天一色蓝蓝，
穿梭船儿尖尖。
激起浪花朵朵，
远眺碧波弯弯。
风吹云雾漫漫，
撑托落日半圆。
唤起乡愁缕缕，
往事浮现眼前。

观海情丝（二）

云淡万里风轻，
瀚海浪涌似兵。
风光美景无限，
怎抵相思痴情？

远行者情殇

跋山山高涉水长，
观海海阔望天苍。
日短夜深空对月，
独行远方羡鸳鸯。

童趣、家常篇

忆童年童趣

幼时栅栏门，
隔望可传神。
顽童喜集聚，
稚脸观大人。
天有连阴雨，
邻里偶纠纷。
谁越篱笆界？
家畜无人魂。

忆恋童真

春风拂水留痕，
唤醒尘封童心。
青梅滋养牵挂，
竹马蕴含纯真。

追　梦

秀发浓如瀑，
青丝长及腰。
回望儿提事，
追梦着红袍。

规劝家常（一）

——人生旅程

暖热凉寒四季风，

日月圆缺落与升。

育扶赡终双重意，

人处天地历此程。

规劝家常（二）

天高地阔万物舒，
阴柔阳刚妇伴夫。
锅碗瓢盆衣帽袜，
家睦业兴糗事除。

中华传统女人

嘴碎如麻透慈心，
终日叮咛烦家人。
不羡西化时髦女，
忘我说教育儿孙。

假如我是女人

上天赐予女儿身，
孕育儿女顺乾坤。
相夫教子千秋事，
赢得男人敬女人。
封建文化数千载，
撇弃糟粕学精髓。
修缮儒家道德论，
为我中华谱人文。

三八节

初春料峭朴无华，
细柳迎风未发芽。
物随自然分四季，
人心暖暖辐天涯。
处处亲情终常在，
恰似冰晶透无瑕。
今夕女人统世界，
福寿安康庆三八。

祈福、思乡、祭祖篇

农历二月二祈福

塞北二月风渐暖，
真龙初动欲飞天。
祈祷神灵佑民众，
风调雨顺好种田。

游子出行

慈母蹒跚送儿郎，
风拂两鬓似飘霜。
回首招来叮嘱语，
难抑辛酸泪两行。

慈母送行

年近八旬母，
背驼手杖扶。
目送中年子，
慈爱伴征途。

游子吟·中秋月

中秋月光明，
夜空洒冰晶。
普照神州地，
增浓思乡情。

游子吟·中秋月思乡

共享中秋月，
各怀思乡情。
团圆家门里，
乡土外飘零。
异乡不期遇，
乡音暖寒冰。
乡愁催人老，
心系家乡兴。

丙申中秋思乡

情满中秋望明月，
对花独酌思故乡。
年少光阴浸乡土，
一缕恋情总牵肠。

祭祖（一）

叶落百树瘦，
群山更嶙峋。
遥望童年影，
欢笑荡山村。
枯蒿覆茔冢，
凄凄悼祖魂。
冥钱化灰烬，
风吹入黄尘。

祭祖（二）

时至深秋风露寒，
恰逢重阳阴雨绵。
自家纸烛悼先祖，
他家烟花庆姻缘。

自伤篇

退　却

时至中年愁更长，

前半人生历沧桑。

风雨岁月是明镜，

不承朱门降寒霜。

待日出

人生争渡，
唯何是图。
笑看名利，
三郎独孤。
参禅空色，
一卷陶书。
寻觅知己，
坐盼日出。

修　行

恩怨名利似浮萍，
清苦廉洁显伶仃。
相由心生透尘世，
心系良知更修行。

蓄势奋发（一）

月光清清幻如纱，
心情沉沉乱成麻。
琐事累累似枷紧，
茧欲成蝶待奋发。

蓄势奋发（二）

柳梢疏疏月悬空，
情志迷迷问天公。
清清白白闯南北，
何惧他人道西东！

情 殇

昔日情缘已穿肠，
血滞心胸欲发狂。
夜雨潇潇难入梦，
空叹真诚化黄粱。

枯木幻感

低头阻力重，
举头动力松。
前视柳荫暗，
命似枯木同。
曾历花明处，
幻闻传雷声。
渴盼三滴雨，
顶叶破长空。

惑

隆冬寅时明月悬，
思绪迟滞起疑团。
难辨东西梦初醒，
不识南北黎明前。

迷　途

春风熏人懒，
漫步街头闲。
心底起凉意，
街灯推波澜。

随波行

日疲落西山，
人倦思绪烦。
入夜轻风起，
街灯伴我还。

霜染心路

难得半日闲，

回首心欠安。

秋风送凉意，

示我离渡船。

秋夜心明

繁星捧奉蛾眉月，
霜染浮萍衬秋荷。
夜风吹扫尘埃事，
卧听虫蛙噪者歌。

自悟篇

天赐身行（一）

天赐不足矮三分，
自学自补自修身。
谨言慎行终到老，
莫比圣贤做良民。

天赐身行（二）

曾因逐梦兴致高，
不惧流汗付辛劳。
无奈天赐凹与短，
心留憾事难磨消。
蜗牛不比千里马，
慢游草丛求逍遥。
再劝伯乐识慧眼，
世间人才多芦蒿。

岁月情愁

暑去寒来几轮回，
白云悠悠岁月衰。
身心飘零已知命，
月圆月缺终属谁？

谨言慎行

口开劳齿唇，
舌动吐真魂。
惜金吝言语，
不惊六耳神。

糊涂仙

岁月植发间，
耳笨易多言。
顽童覆口笑，
暗称糊涂仙。

省 身

得失一瞬间，

心境两重天。

参悟菩提树，

因果顺自然。

人生返途

身经墨海强争渡，
重返杏林心神舒。
欲效董奉尽余力，
风流树下绘蓝图。

人生知秋

身处秋风似浮萍，
烟波荡漾忍飘零。
求得霜露生枯叶，
坠入河泥慰今生。

秋　愁

人生一路终向西，
最美时节秋风急。
霜染菊花香醉我，
无奈愁人白发稀。

梦生是非

夜半雨声紧，
梦醒扰睡神。
倦瞳锁窗外，
满月洒金银。
狐疑生六耳，
辨品风雨音。
临街车流过，
笑己是非人。

时　光

春风重现桃花开，

又望鸿雁排阵来。

几度黄昏迎落日，

时光浸染两鬓白。

征　途

天高海阔峰万重，

任尔搏击破长空。

风景相随阳光路，

取舍尽在品行中。

复 苏

风吹雾霾尽，
天高气象新。
斜月三星聚，
志满胜千金。

征途惊喜

闯南走北身匆忙，
无花无果心彷徨。
东风西沙衰双鬓，
回望小儿在乘凉。

叹青春

繁花落尽蜂别离，
叶间青果压枝低。
回首洒地相思泪，
相聚莫到白发稀。

嘱托小儿

母孕十月历艰辛，
教诲儿女天酬勤。
莫谈功名求报效，
分秒勿忘自修身。

归 宿

魂去万物同，
留在评论中。
皮囊化灰烬，
尽撒草木丛。

致 谢

首先感谢每个人生阶段的老师们，尤其是以内蒙古第二地质中学的张义武、王彩萍、曾卓为代表的老师们。张义武老师曾经教授高中物理，他曾教导我说：“学生追求梦想首先要学会张开自己的嘴巴——去请教。”他也是我整理《医者诗缘》的导师。王彩萍老师曾经教授高中语文，她曾教导我说：“写作应该是用最简洁的话表达有代表性的自己。”曾卓老师曾经教授高中化学，他曾鼓励我说：“不要放弃学习英语，英语是迈入大学校门的通行证。”三位老师的教诲对我个人的发展和人生选择有着积极的影响。

感谢松山医院的领导和同事对我业余写作给予大力支持。特别是我的好同事张膺浩，他在百忙之中多次牺牲宝贵的业余时间为我审稿，并提出若干中肯的建议。

感谢北京博爱医院康复评定科的老师们，在我进修学习期间给予无私的关怀，进一步激发我的写作热情。

感谢在中康学习期间，在带教老师的指导下，辅助患者进行康复训练时，结识了这样一位令人尊敬的朋友。他曾经说过：“虽然我坐在轮椅上，但你们在我的眼里是一道美丽的风景。”他的话触动了我的内心深处，丰富了我的人生观。由此为他写了一首小诗：

乐天派使者——王韬

静观人潮涌，来去俱匆匆。

入目皆风景，独享其乐中。

感谢远方出版社的领导和编辑人员，为本书的编辑加工、整体设计和发行所付出的劳动。

特别感谢我年迈的母亲，虽然她老人家不识字，却一直教导我们要努力学习传承我国传统文化的精华。她教育我们兄弟姐妹们说：“做事不要怕苦，不要妨碍别人；做事不要忘本；宁愿多出汗，不让脸发烧……”衷心祝愿年迈的母亲及所有热爱传统文化的母亲们健康长寿！

高天奎

2018 年 1 月